UNDISCOVERED COUNTRY
BAND ZWEI

EINHEIT

UNDISC
COU

BAND ZWEI
EINHEIT

Produktion & Design: **RYAN BREWER**
Cover-Design: **DREW GILL**
Logo-Design: **MAURO CORRADINI**

Übersetzung: **CHRISTIAN HEISS**
Redaktion & Lektorat: **JENNY FRANZ**
Korrektorat: **ALEXANDRA GRIMSEHL**

Impressum: Die deutsche Ausgabe von UNDISCOVERED COUNTRY 2: EINHEIT wird herausgegeben von Cross Cult / Andreas Mergenthaler; Übersetzung: Christian Heiss, Redaktion und Lektorat: Jenny Franz; Lettering: Rowan Rüster; Druck: Hagemayer, Wien. Printed in the EU.

August 2021 · ISBN Printausgabe: 978-3-96658-475-3 · WWW.CROSS-CULT.DE · WWW.CROSS-CULT.DE/NEWSLETTER

Originalausgabe veröffentlicht von Image Comics, Inc. Office of publication: 2701 NW Vaughn St., Suite 780, Portland, OR 97210. Copyright © 2020, 2021 Last Mile Productions, LLC. All rights reserved. Contains material originally published in single magazine form as UNDISCOVERED COUNTRY #7-12. „Undiscovered Country", its logos, and the likenesses of all characters herein are trademarks of Last Mile Productions, LLC, unless otherwise noted. „Image" and the Image Comics logos are registered trademarks of Image Comics, Inc. For international rights, contact: foreignlicensing@imagecomics.com.

IMAGE COMICS, INC.
TODD MCFARLANE President
JIM VALENTINO Vice President
MARC SILVESTRI Chief Executive Officer
ERIK LARSEN Chief Financial Officer
ROBERT KIRKMAN Chief Operating Officer
ERIC STEPHENSON Publisher / Chief Creative Officer

IMAGECOMICS.COM

Text:
SCOTT SNYDER & CHARLES SOULE
Vorzeichnungen/Layouts:
GIUSEPPE CAMUNCOLI
Tuschezeichnungen:
LEONARDO MARCELLO GRASSI
Farben:
MATT WILSON
US-Redaktion:
WILL DENNIS & TYLER JENNES

KAPITEL SIEBEN

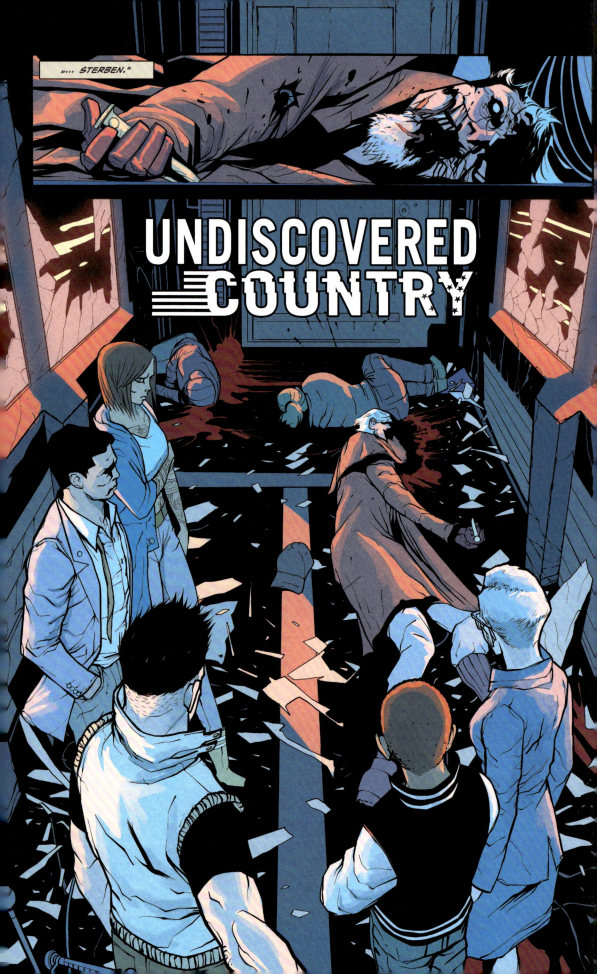

Die Lafayette Group

„Die Schließung der amerikanischen Grenze ist zwar beeindruckend, aber noch längst nicht perfekt. Noch erhalten wir eingeschränkt Informationen aus dem Land. Wir wissen nicht, wie lange das andauern wird, und wir erwarten, dass die Regierung der Vereinigten Staaten diese Lecks bald dicht machen wird — oder unsere Agenten findet und auslöscht. Sie haben tatsächlich vor, das von ihrem Präsidenten vor zwei Wochen beschriebene Szenario umzusetzen. Die USA haben sich isoliert, und es erscheint nicht wahrscheinlich, dass die Grenzen in naher Zukunft wieder geöffnet werden. Das ist seltsam genug, und noch kann man die Auswirkungen kaum abschätzen. Noch seltsamer allerdings ist …

… dass die große Mehrheit der amerikanischen Bevölkerung davon nichts gewusst hat."

--Bericht eingereicht von Dr. Warren Antone, 27. Juli 2029.

AUS DEN ARCHIVEN DER LAFAYETTE GROUP.
NUR FÜR DEN OFFIZIELLEN GEBRAUCH.

KAPITEL ACHT

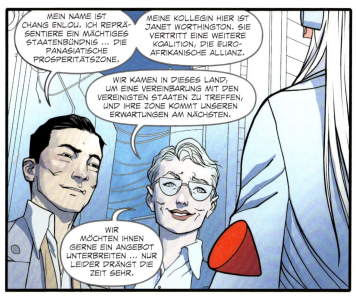

DRONET

„USA! USA! USA! ALL THE WAY! Ihr hört den guten Ace Piñata, und ich hab eine Frage an euch alle. Wenn ihr Amerika wärt – mit all eurem Einfluss und eurer Bevölkerung und euren Ambitionen … und machen wir uns nichts vor, die USA wollten immer irgendetwas … wenn ihr eine solche Nation wärt, schottet ihr euch von der Welt ab, weil ihr einfach mal runterfahren, ausspannen, abhängen und euch zur Ruhe setzen wollt – wie ein alter Sack im Altersheim?

Klingt für mich gar nicht nach Amerika.

Amerika war wie der alte Football-Star aus der Highschool, dessen beste Zeiten lang hinter ihm liegen (entschuldigt, falls euch die Metapher nicht passt, setzt einfach Fußball für Football ein). Jetzt kämpft er sich so von Tag zu Tag und wünscht sich verzweifelt, er könnte wieder an glorreiche Zeiten anknüpfen. Darum geht's bei der Abschottung, vermute ich. Amerika will ein bisschen Ruhm zurück. Sie arbeiten da drin an irgendetwas. Sie wollen etwas.
Und dieses Etwas ist … alles.

USA! USA! USA! ALL THE WAY."

—Gepostet von Ace Piñata im „Amerika enthüllt"-Dronet, 4. Juli 2056.

KAPITEL NEUN

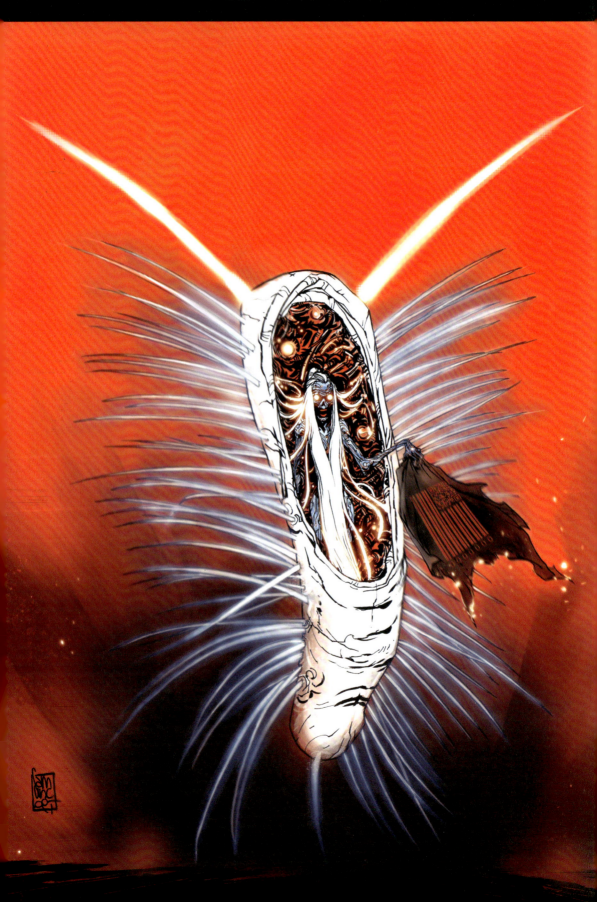

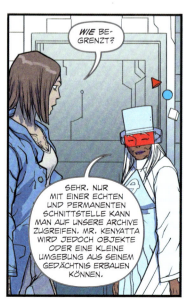

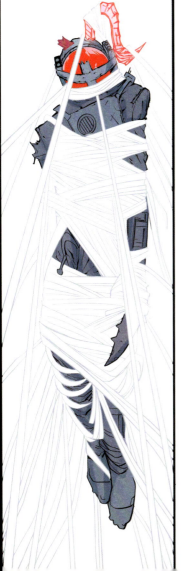

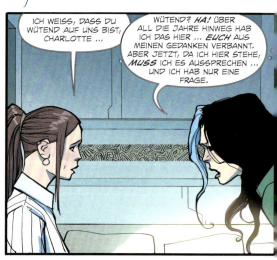

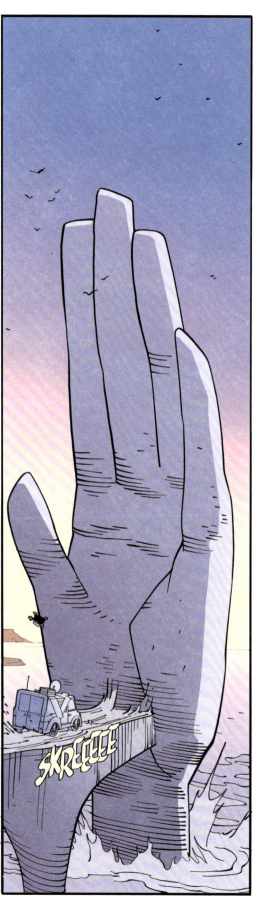

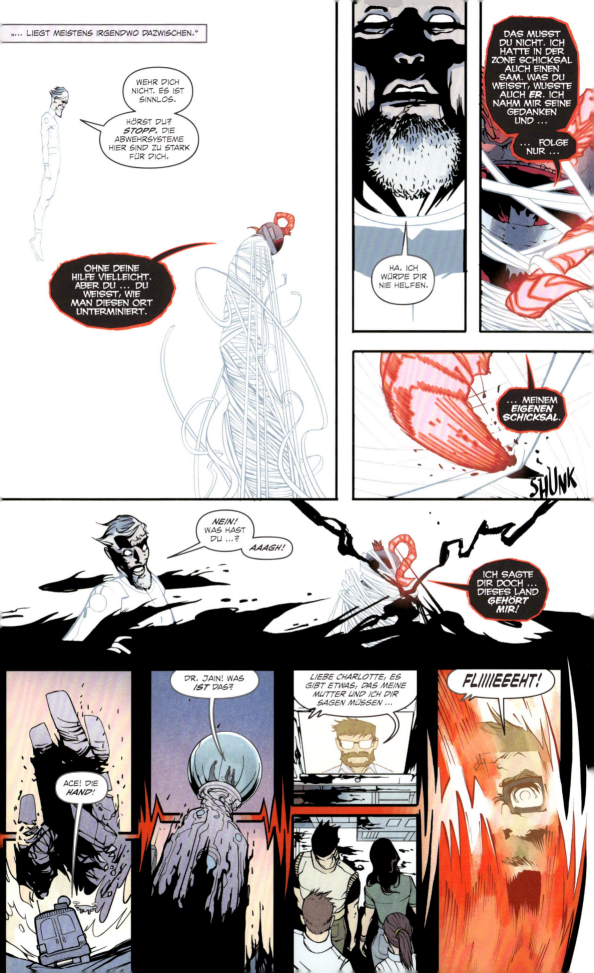

Die Lafayette Group

„Etwas ist passiert. Innerhalb des Walls. Neben dem Juneau-Ereignis ist dies das bedeutsamste Signal, das wir von innerhalb der Grenzen dessen empfangen haben, was einst die Vereinigten Staaten von Amerika waren - und vielleicht noch sind? Ein massiver Energieausschlag im pazifischen Nordwesten - elektromagnetischer Natur, doch mit eigenartigen Resonanzmustern, die unsere Techniker sich nicht erklären können. Eine mögliche Entsprechung wären EEG-Werte, doch wie sollten diese zu einem solchen Ereignis passen?

Die Group wird wahrscheinlich Jahre brauchen, um eine sinnvolle Erklärung dafür zu finden."

--Bericht eingereicht von Dr. Warren Antone, 11. November 2044.

AUS DEN ARCHIVEN DER LAFAYETTE GROUP.
NUR FÜR DEN OFFIZIELLEN GEBRAUCH.

KAPITEL ZEHN

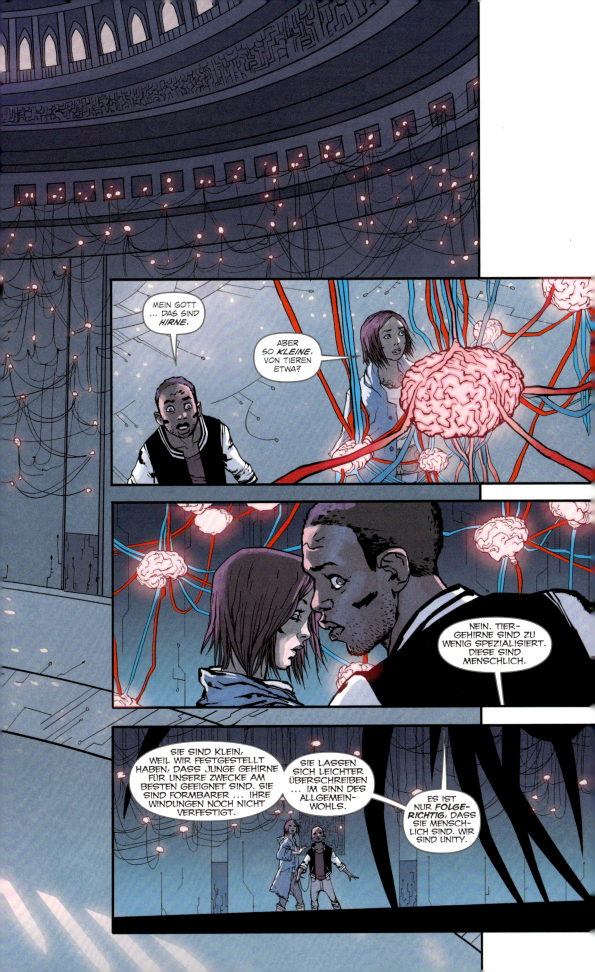

DRONET

„Die Liberty-Welle, die Liberty-Welle ... oh, was kann das nur gewesen sein?

Ein gewaltiger, GEWALTIGER Energieausschlag im pazifischen Nordwesten. Da wir ihn hier im Rest der Welt noch erfassen konnten, muss er gigantisch gewesen sein. Normalerweise erreicht uns aufgrund ihrer seltsamen EM-Schilde nicht das leiseste Signal aus dem Inneren der USA. Da wir es registrieren konnten, muss in einem Moment mehr Energie verbraucht worden sein, als manche Länder in einem ganzen Jahr verbrauchen.

Das ist schon seltsam genug, noch schlimmer aber war, dass noch nie jemand die Phasen des von dieser Liberty-Welle besetzten Strahlungsspektrums gesehen hatte. Kein Wissenschaftler hatte eine Idee, woher sie stammte. Nicht die von der EAA, nicht die von PAPZ und schon gar keiner aus der Lafayette Group. Keiner wusste etwas.

Ich schon. Euer alter Piñata hat ein bisschen rumgeschnüffelt und einige alte Akten über MK-ULTRA ausgegraben, dieses alte CIA-Projekt, mit dem Psi-Phänomene bei menschlichen Testsubjekten erkannt und verstärkt werden sollten. Ich hab in einem alten Archiv Messwerte aus einer Reihe von Experimenten ausgegraben, in denen man versucht hat, menschliche Gedanken miteinander zu verbinden. Es ging schief, und einige Leute gingen drauf, doch davor haben die Instrumente eine Energiesignatur aufgezeichnet, die jener von der Liberty-Welle frappierend ähnelt.

Was ich damit meine, Freunde? Hirne, Baby. Die Liberty-Welle kam von Hirnen."

—**Gepostet von Ace Piñata im „Amerika enthüllt"-Dronet, 7. August 2057.**

KAPITEL ELF

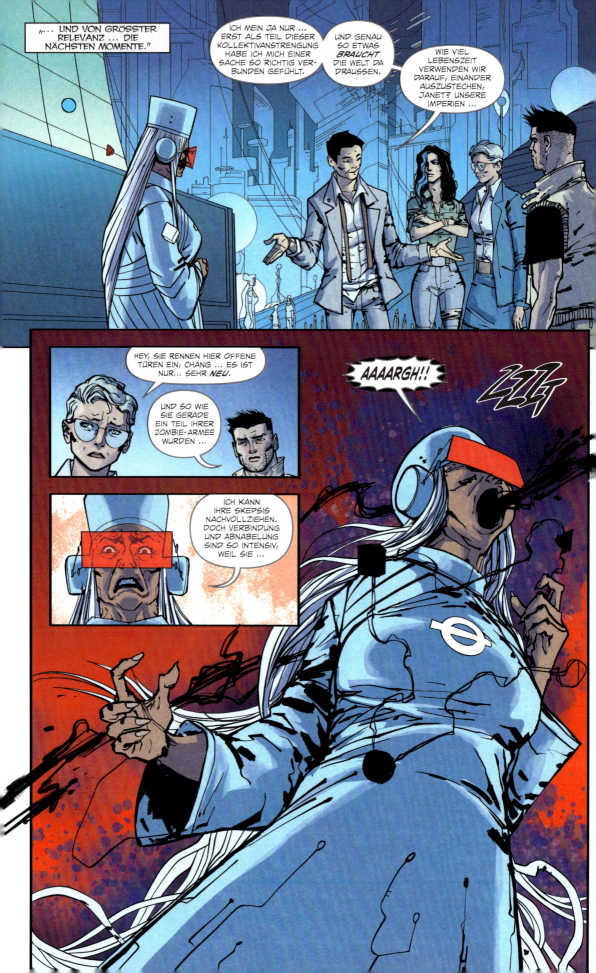

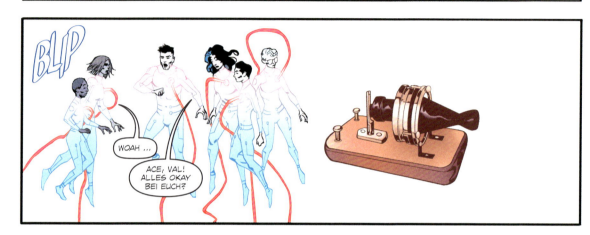

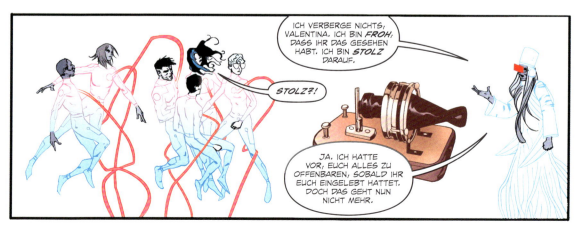

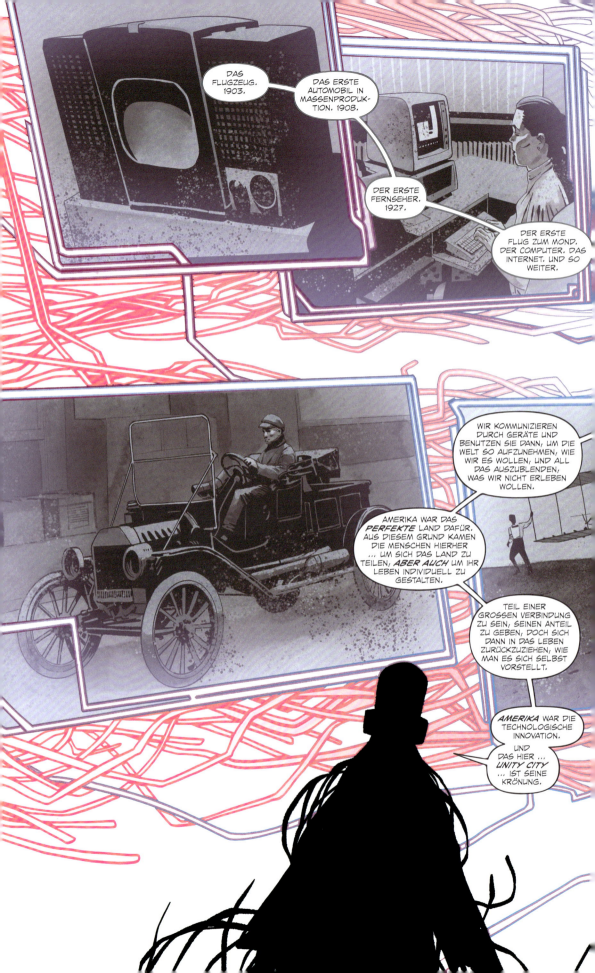

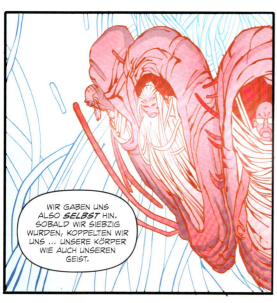

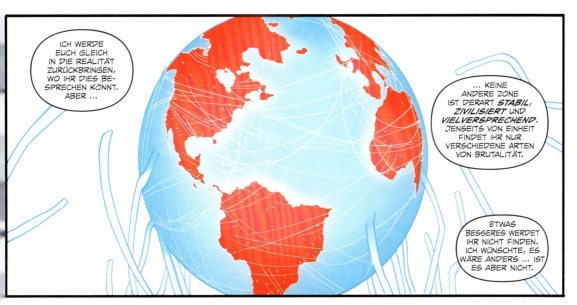

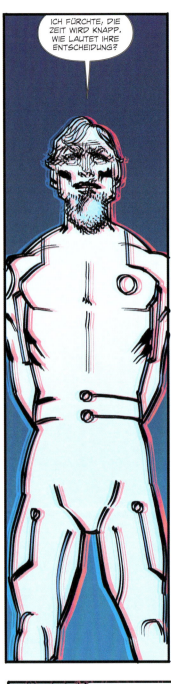

Die Lafayette Group

„Wir nennen es das Juneau-Ereignis ... doch das ist nur eine Kurzform. Wir wissen eigentlich nichts darüber ... Im Frühjahr 2041 hat etwas aus dem All auf Alaska gefeuert und genug Energie ausgestoßen, um den ganzen Staat leerzufegen.

Die Vorstellung, dass eine solche Waffe existiert und dass jemand sie einsetzen würde, ist schlimm genug ... aber den Grund nicht zu kennen? Das ist noch schlimmer. Keine fremde Nation hat sich je dafür verantwortlich erklärt, und basierend auf der benutzten Technologie ist die vorherrschende Theorie, dass ...

... die Vereinigten Staaten auf sich selbst gefeuert haben."

--Tagebucheintrag von Dr. Warren Antone, 18. April 2046.

AUS DEN ARCHIVEN DER LAFAYETTE GROUP.
NUR FÜR DEN OFFIZIELLEN GEBRAUCH.

KAPITEL ZWÖLF

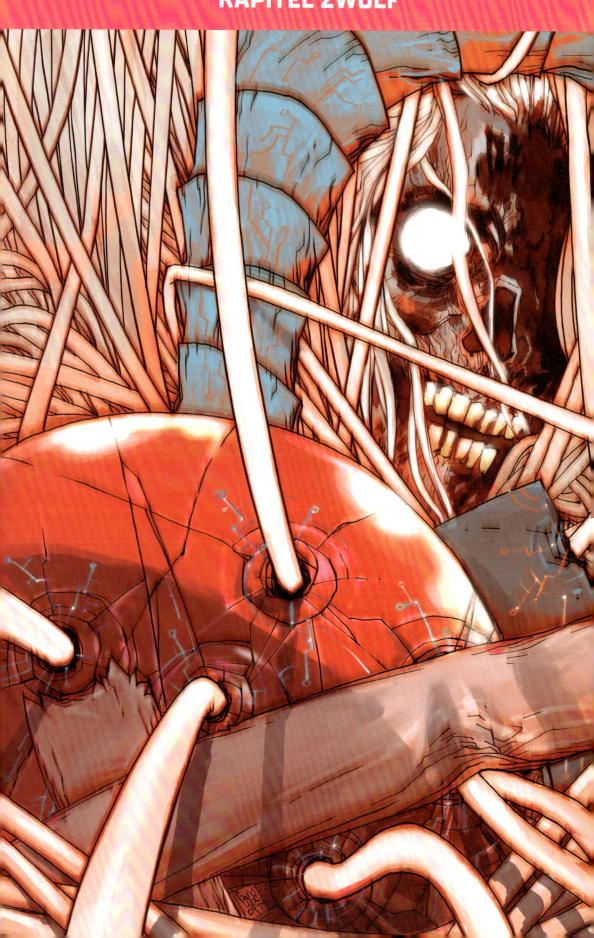

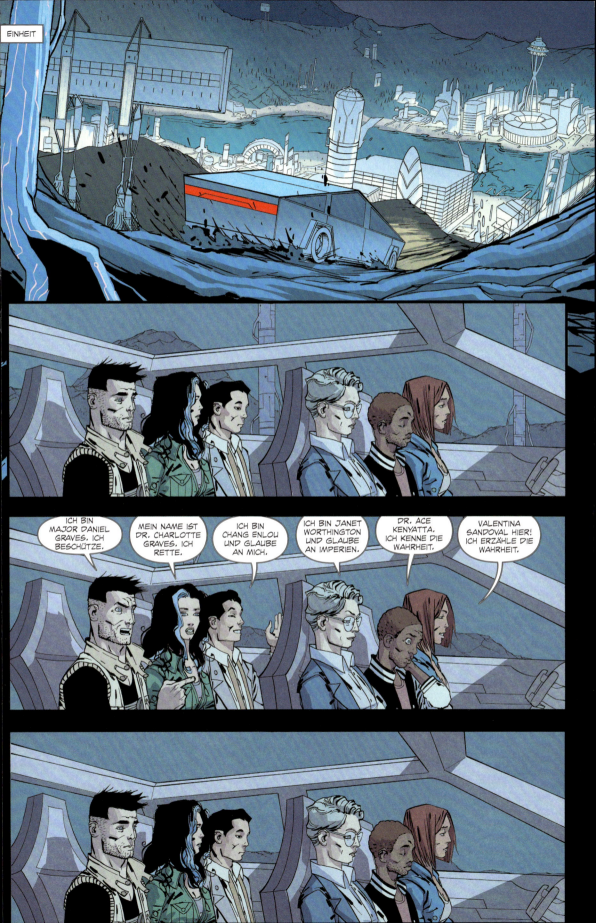

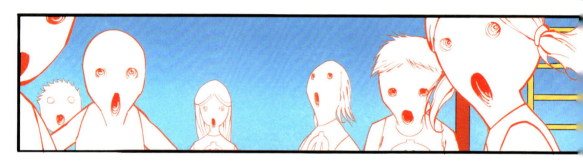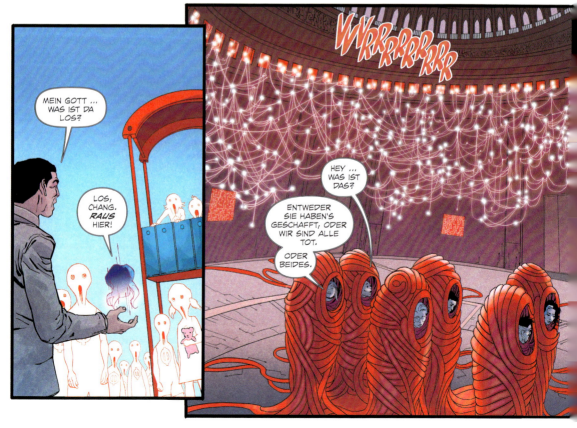

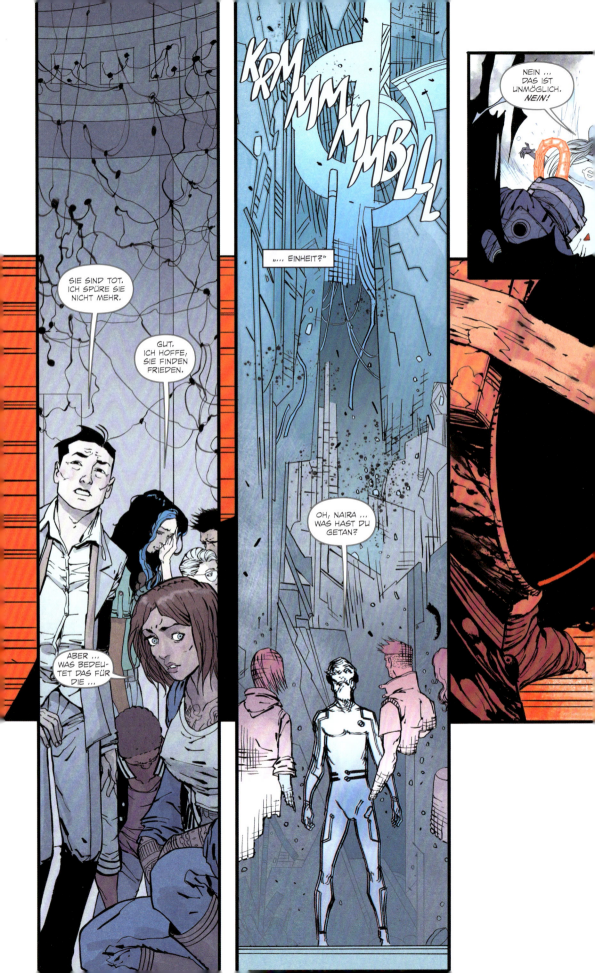

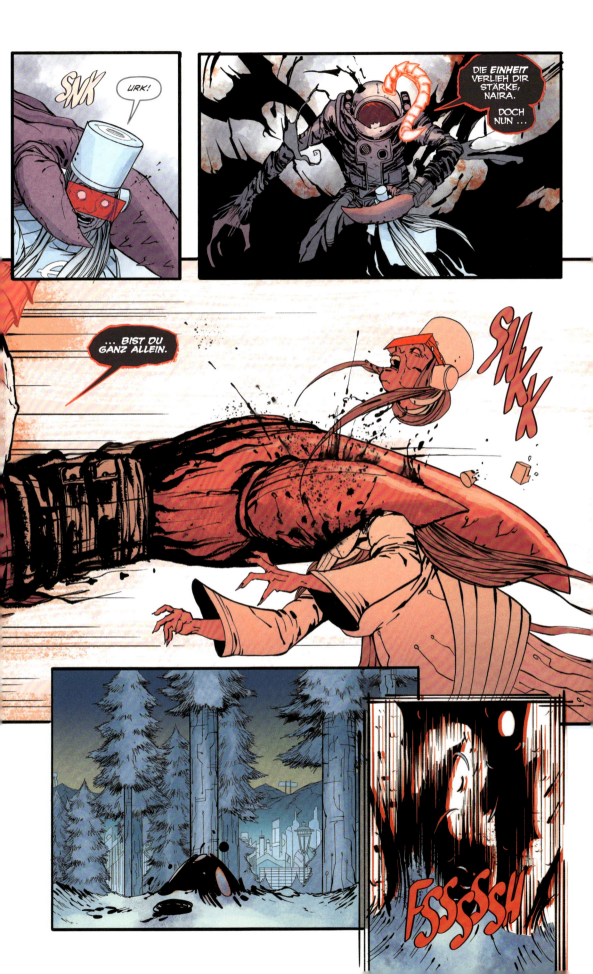

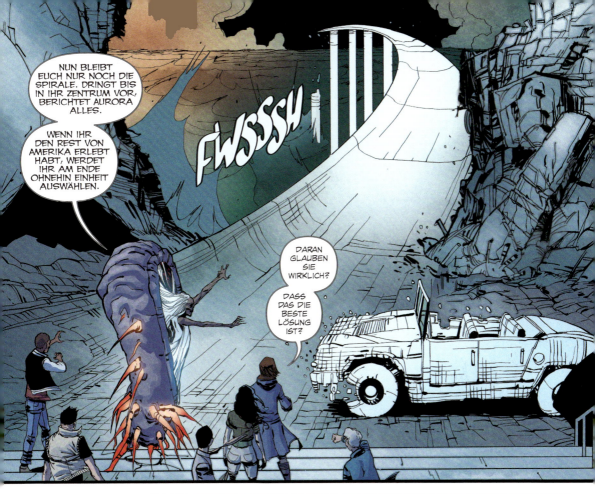

"AGH!"

"TECHNOLOGIE WAR IMMER EINE TREIBENDE KRAFT DIESER NATION. DAMIT LAGST DU RICHTIG."

"ABER DIE ERFINDUNGEN, DIE AUS AMERIKA DAS GEMACHT HABEN, WAS ES WURDE ... UNSEREN EINFLUSS STÄRKTEN ..."

"... WAREN WAFFEN.

DER COLT-45-REVOLVER, ERFUNDEN VON WILLIAM MASON UND CHARLES B. RICHARD IM SPÄTEN 19. JAHRHUNDERT.

MIT IHM, WINCHESTER-GEWEHREN UND GATLING-GESCHÜTZEN WURDE DIESES WILDE LAND GEZÄHMT."

"UND UM UNS VOR ALL DEN GEFAHREN AUS FREMDEN LÄNDERN ZU BESCHÜTZEN, ERSCHUFEN WIR ..."

"... DIE INTERKONTINENTALE BALLISTISCHE RAKETE.

DAS GÖTTLICHE FEUER AMERIKANISCHEN ZORNS, DAS UNSERE FEINDE SELBST IN DEN ENTLEGENSTEN VERSTECKEN EREILTE."

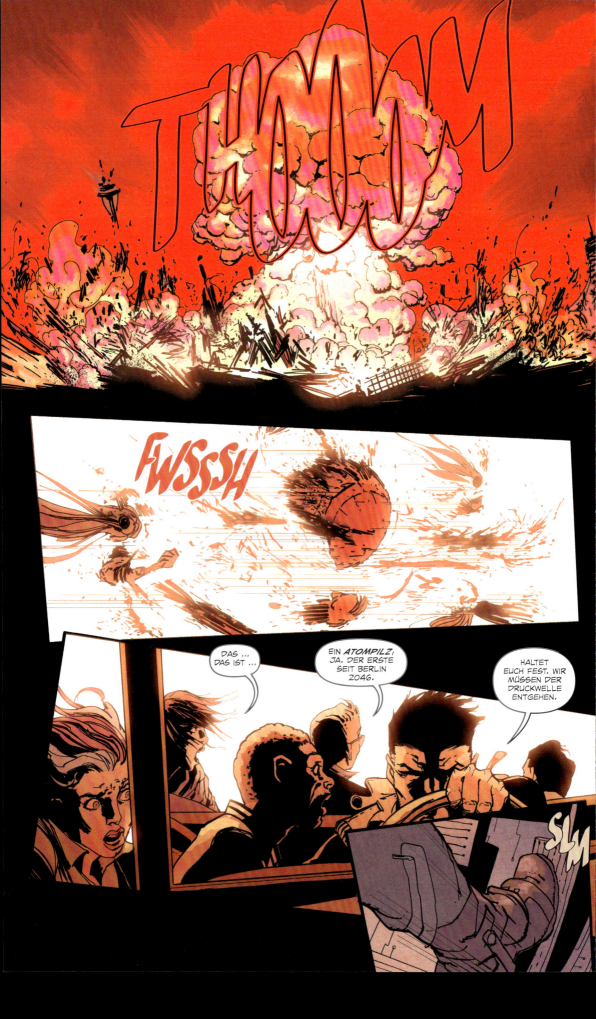

* Schauplatz des Attentats auf Abraham Lincoln, 14. April 1865

DRONET

„Die Zeit ist um.

Gut möglich, dass ihr vom alten Ace Piñata eine Weile nichts mehr hört, Freunde. Ich glaube, ich hab die Lösung ... was wirklich innerhalb der Grenzen passiert, und ich sag euch auch was ...

... Es geht um Zeit.

Ein kleines Vögelchen bestätigt selbst meine wildesten Theorien, daher bleibt im Äther. Radio Piñata geht zwar vorerst vom Netz, aber ich verspreche euch, irgendwann geh ich wieder auf Sendung.

   Bleibt bis dahin alle gesund. Haltet euch von diesem Sky-Mist fern, das ist echt übles Zeug.

   Doch jetzt sag ich vorerst ...

   ... Ciao."

—Gepostet von Ace Piñata im „Amerika enthüllt"-Dronet, 7. Dezember 2058.

NACH DER ABSCHOTTUNG

Nachfolgend werden wir bestmöglich versuchen, die Ereignisse innerhalb der Vereinigten Staaten von Amerika in den Tagen und Jahren nach der Abschottung zu rekonstruieren – des kompletten Abtritts der USA von der Weltbühne. Dieser Zeitstrang präsentiert nur landesweite Ereignisse, keine Einzelschicksale, da die meisten kleinen, persönlichen Geschichten der Abschottung verloren gegangen sind. Doch selbst mit dem eingeschränkten Bild, das diese diversen Ereignisse kreieren, erkennt man eine Nation und ein Volk, die von einem großen Wandel erfasst wurden. Im verzweifelten Bemühen, sich neu zu erfinden und eine neue Zukunft für das Land zu erschließen.

ABSCHOTTUNG — 20. Juli 2029

TAG 0:

Die Abschottung: 20. Juli 2029. Die Vereinigten Staaten schließen ihre Grenzen für alle Reisen, Handels- und Kommunikationspfade. US-Bürgern außerhalb des Landes wird die Einreise nicht mehr gestattet. Ebenso ist ausländischen Staatsbürgern auf US-Territorium die Ausreise untersagt.

Die zuvor errichteten Grenzwälle werden mit modernsten Drohnenwaffen und einem „Luftwall"-Kraftfeld, das das Überfliegen verhindert, militärisch aufgerüstet. Elektromagnetische Felder werden über den gesamten kontinentalen USA und Alaska errichtet, die eine Beobachtung durch Satelliten verhindern. Hawaii, Puerto Rico, Guam und weitere US-Besitztümer werden aufgegeben und nicht mehr als Staaten oder Territorien anerkannt, sondern als eine lose Konföderation amerikanischer Inseln.

TAGE 1–6:

Massive Unruhen erschüttern jede Großstadt im Land. Die zahlreichen Fluchtversuche per Flugzeug, Boot etc. scheitern allesamt.

TAG 7:

Der Präsident der Vereinigten Staaten ruft die Bevölkerung zur Ruhe auf und erklärt, dass die Abschottung nur Teil eines größeren Plans ist, den der Kongress ein Jahr zuvor heimlich verabschiedet hat, um das Land auf eine längere Phase der Isolation und Selbstständigkeit vom Rest der Welt vorzubereiten. Der Plan nennt sich *Festung Amerika* und wird weiter erklärt werden, sobald die Proteste enden.

TAG 10:

Nachdem sich die Lage im Land größtenteils stabilisiert hat, erläutert der Präsident das *Festung-Amerika*-Vorhaben. In einem Jahr werden die Staatengrenzen neu gezogen und die kontinentalen USA in dreizehn Territorien unterteilt werden. Jedes Gebiet wird eigene Gesetze, Steuerbestimmungen, Industrien etc. haben. Die Reisen zwischen ihnen werden streng reglementiert werden.

(Was aus Alaska werden soll, wird nicht erwähnt – doch seinen Bewohnern wird gesagt, sie können sich auch für eine der dreizehn Zonen entscheiden.)

Den Bürgern wird ein Jahr Zeit gegeben, um zu entscheiden, welches Amerika ihnen am besten entspricht. Die Regierung wird die Umsiedlung all jener unterstützen, die sich dafür entscheiden.

TAGE 11–30:

Weitere Unruhen – doch viele Amerikaner finden die Idee der dreizehn Zonen sehr attraktiv.

J7-2029

Copyright © 2021 Last Mile Productions, LLC. All rights reserved.

MONATE 2–12:

Die große Migration. Amerikaner treffen ihre Entscheidungen, und die große Umverteilung der Bevölkerung der Nation beginnt.

JAHR 1:

Die dreizehn Zonen gelten ab sofort als unabhängige Nationenstaaten innerhalb des US-Gebiets. Jede Region ist darauf angelegt, so autark wie möglich zu sein, auch wenn die Bundesregierung die Zuteilung und den Transport von Ressourcen zwischen den Zonen je nach Bedarf überwacht. Jede Zone hat die Aufgabe, das Gesamtgebilde mit einer bestimmten Ressource zu versorgen – wie Nahrung, Technologie oder Kultur.

JAHRE 2–5:

Die Zonen entwickeln sich unabhängig voneinander in verschiedene Richtungen. Obwohl alle Zonen zusammen Amerika ergeben, ist auch jede einzelne ein Amerika. Diese zutage tretenden Unterschiede bleiben nicht unbemerkt.

JAHRE 6–7:

Gewisse Zonen beginnen, andere Zonen als feindliche Staaten zu betrachten und zu glauben, diese würden Ressourcen anhäufen oder andere Pläne schmieden, die dem Ziel eines stärkeren, vereinten Amerikas abträglich sind. Spannungen und Anschuldigungen verstärken sich, bis eine kleine Armee aus SCHICKSAL die Grenze zum angrenzenden EINHEIT überschreitet. Dieser quasi-militärische Übergriff wird rasch von Bundestruppen mittels unbemannter Luftgefährte und robotischen Ersatzsoldaten niedergeschlagen.

JAHR 8:

Der Präsident erlässt ein neues Gebot. Weitere Wälle werden hochgezogen, dieses Mal zwischen den Zonen.

JAHRE 9–10:

Jetzt – ohne miteinander kommunizieren zu können – sind die dreizehn Zonen komplett voneinander isoliert und entwickeln sich auf unvorhergesehene Weise. Jene Werte, die ihre jeweilige Bevölkerung einen, werden nicht mehr länger geachtet.

JAHR 11:

Immense Gravitationszyklotrone werden in vielen Zonen aktiviert, die den Zeitstrom darin verändern. Das soll eine größere Experimentierrate in diesen Regionen ermöglichen – relativ zu der im Rest der Welt vergehenden Zeit.

JAHR 12:

Eine zuvor unbekannte orbitale Waffenplattform namens LEOPRD (Low-Earth Orbit Parabolic Radiation Deflection) feuert eine massive Entladung hochenergetischer Partikel auf den Staat Alaska. Der Beschuss hält etwa sieben Minuten lang an. Es wird mehr Energie abgegeben als bei jedem anderen von Menschen durchgeführten Waffentest.

JAHRE 13–30:

Innerhalb der Vereinigten Staaten läuft die Zeit anders und schneller ab als im Rest der Welt, und jede Zone bestimmt ihr eigenes Tempo. Die Zonen werden zu verzerrten Spiegelbildern dessen, was einst die Vereinigten Staaten von Amerika war. Manche werden zu Echos ihrer einstigen Existenz … andere wiederum sind nicht mehr wiederzuerkennen und entfernen sich sowohl ihrer in Zeit als auch in ihrem Charakter massiv von ihren Ursprüngen.

Das Große Experiment, das diese amerikanische Nation darstellt, tritt in seine letzte Phase ein.

UNCLE SAM — UNITY SUIT

- BUG LIKE EYES
- WHITE-ISH/BLUE-ISH LIGHT PALETTE
- RED EYES, MENACING
- CIRCUITRY PATTER ALONG SUIT + CIRCLES ON EARS AND CHEST + SHOULDER

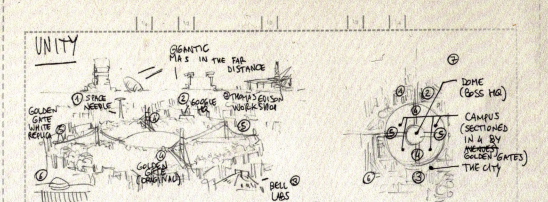

⑧ - BUILDINGS ARE BIG HIVES BUT NOT VERY TALL, AND SHAPED LIKE IGNIC TECH PRODUCTS (iPHONES, iPAD, iMACS, BUT ALSO B&O ETC.). ALL WHITE, WITH CABLES COMING OUT OF THEM (ALSO MADE OF?)
⑨ - SOME CABLES CAN LIFT UP LIKE SNAKES, AND ACT LIKE DRONES/SURVEILLANCE SYSTEMS
⑩ - STORES/APARTMENTS ARE SHAPED LIKE USB PLUGS OR STUFF LIKE THAT
⑪ - CABLES CAN BE ALSO USED AS LINES FOR TRANSPORTATION (WITH WAGONS MOVING ON THEM)
⑫ - SOMETIMES CITIZENS CAN GO TO RECHARGE INTO PROPER UNITS/PODS

CITIZENS

- WHITE JUMPSUITS
- SIMPLEST SYMBOL ON RIGHT SIDE OF CHEST, NO LINES
- ALMOST NO SHOULDERS
- (*) NO NAILS ON FINGERS, BUT TOUCH SENSORS ON FINGERTIPS
- FLUFFY, FLOATED WHEN CLOTHES GO CLOSE TO HANDS AND FEET

SCIENTISTS

- VISOR IS OVAL, WITH A MOUTHPIECE THAT CAN BE MOVED CLOSE TO MOUTH (TO COMMAND TECH?)
- TWO SYMBOLS ON CHEST, WITH HORIZONTAL LINES
- COULD HAVE MORE THAN TWO, DEPENDING ON LEVEL, PRESTIGE ETC. LIKE IN THE ARMY BUT HERE TECH RULES

GENERIC NOTES:
- (*) THAT GOES FOR EVERYBODY
- EVERYONE HAS GOLDEN EYES, NO EYEBROWS, IS COMPLETELY HAIRLESS
- CAN HAVE DIFFERENT FACIAL FEATURES BUT OVERALL THEY LOOK
- DIFFERENT SKIN COLORS? I THINK IT WOULD MAKE SENSE ,,,

BRUTE FORCE

- ALMOST LIKE AUTOMATONS, CAN BE USED AS POLICE, SLAVES, HARD LABOR PROVIDERS, BODY-GUARDS ETC.

- BIGGER, MORE MUSCULAR BODYTYPE

- ONE BIG SYMBOL ON CHEST, HORIZONTAL LINE

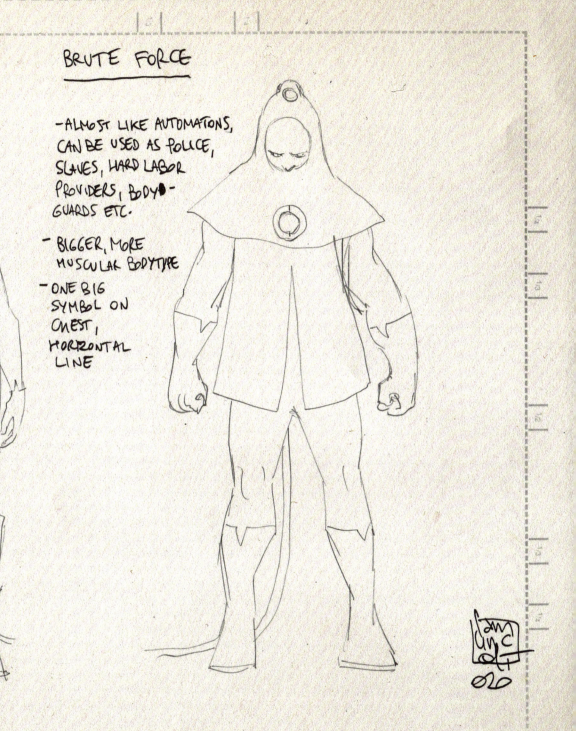

...ND WOMEN) AND IS OF THE SAME HEIGHT. WHICH ONE? I'D MAKE THEM TALL
INDISTINGUISHABLE

DR. JAIN

- NO EYEBROWS
- HAT À LA ANGELA BASSET IN "BLACK PANTHER"/POPE TIARA
- VISOR IN FRONT OF HER EYES (3), COVERED BY BUTTONS À LA "GHOST IN THE SHELL"
- HOLLOW GAUGE PIERCINGS
- HEADPHONES ON THE BACK, RESEMBLING HAIR
- CABLES COMING OUT OF THE BACK (HAT, ETC)
- RED/BROWNISH SKIN
- CIRCLE ON HEART, RESEMBLING THE iPOD RINGER
- ALMOST EVERY SHAPE IN HER IS ROUND, EXCEPT THE VISOR
- SMALL, WHITE RECTANGLE ON NOSE (PINCE-NEZ)
- TWO SMALL PLUGS ON THE RIGHT SIDE OF HAT (FOR RECHARGE?)
- CABLES COME OUT OF HER AND STRETCH TO INFINITY, CAN TAKE UP (ALMOST) ANY SHAPE AND FUNCTION

FLOATING TRIANGLE PYRAMID, SPHERE AND CUBE (HOMAGE TO THE POLICE) — SYNCHRONICITY —

HOLOGRAPHIC OR REAL?

- COMBAT MODE
- WALKING
- RESTING/SEATING

BATTLE ARMOR CHANG

- WHEN CHANG BUILDS HIS TECNO-ARMOR, HE PAYS HOMAGE TO SOME OF HIS FAVOURITE CHARACTERS/HEROES: LANCELOT, CONAN, SAMURAIS, MAN-AT-ARMS
- ARMOR IS WHITE, LEAVES PARTS OF HIS CLOTHES UNDERNEATH "OPEN" (BELT, SHOES, ETC.)
- CABLE PENDING ON THE BACK, CONNECTED TO UNITY'S "MATRIX"

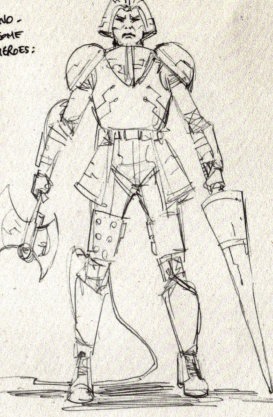

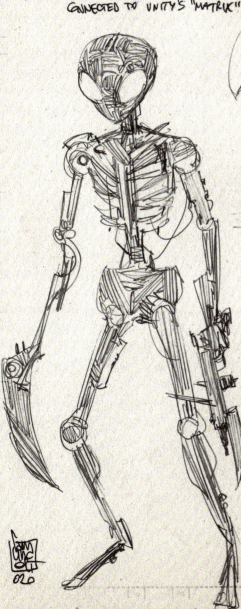

DESTINY MAN "GREY MEN"

HEAD VARIATIONS

- ALIEN SHAPE
- MIX BETWEEN TERMINATOR AND WARLOCK
- CAN MORPH EVERY PART OF THEIR BODIES, AND TURN IT INTO ANY KIND OF WEAPON (SCYTHE, RIFLE, MACE, AXE ETC.)

UNITY OCEAN CREATURES

① UNITY SPERM WHALE
(WHITE, TWO EYES ON EACH SIDE + ONE ON THE TAIL)

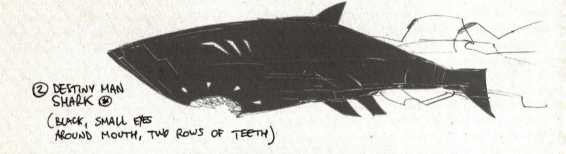

② DESTINY MAN SHARK ✱
(BLACK, SMALL EYES AROUND MOUTH, TWO ROWS OF TEETH)

③ D.M. HAMMERHEAD ✱
(BLACK, TWO MOUTHS)

④ D.M. SWORDFISH (TROMBONE) ✱
(BLACK, TWO EYES, CIRCULAR TAIL)

✱ EVERY DM MONSTER HAS BLACK TENDRILS COMING OUT OF THEIR BODIES' ENDS, LIKE SMOKE TRAILS.
UNITY WHALE W/ THE USUAL CABLE INSTEAD

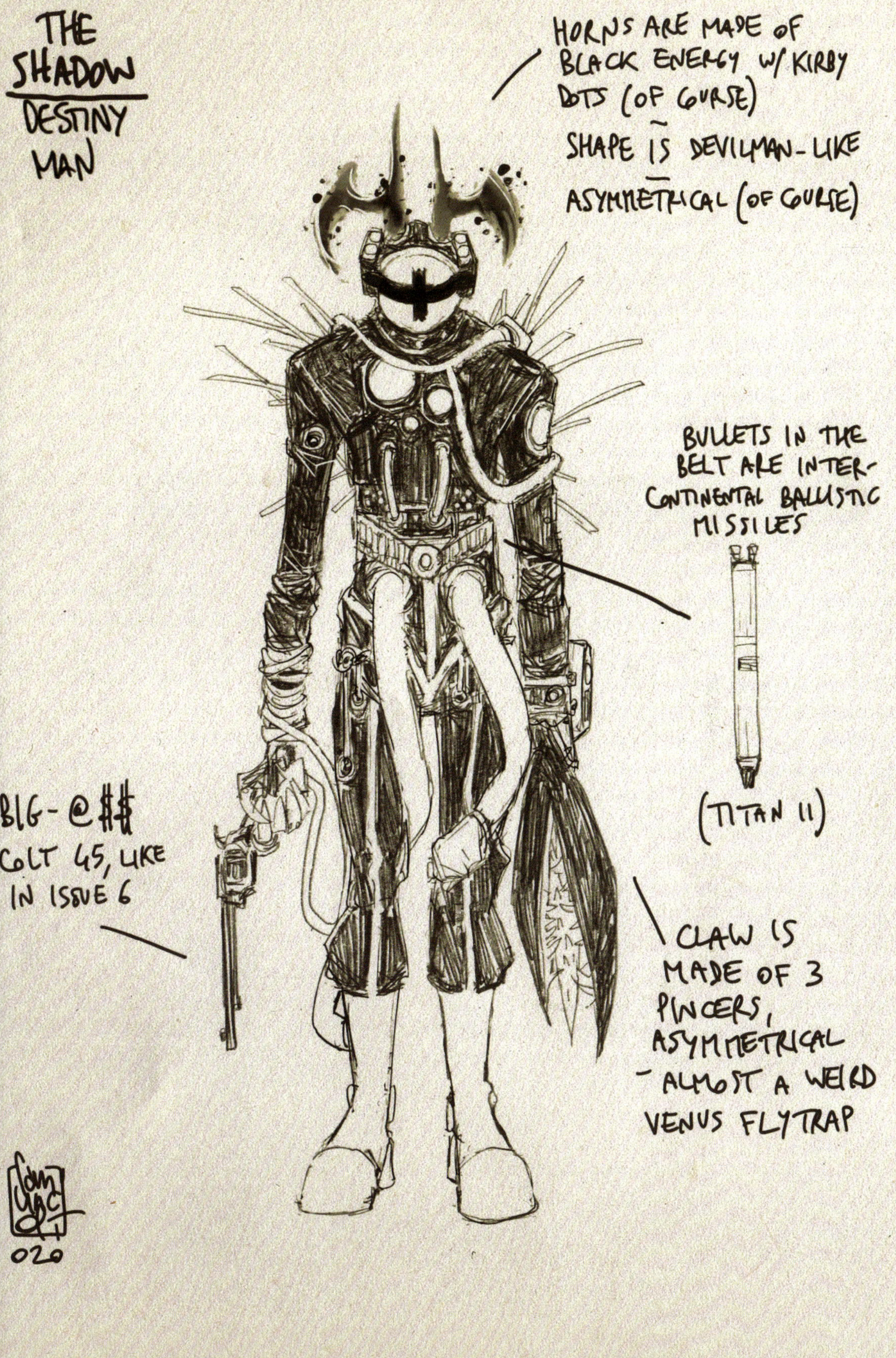

THE SHADOW / DESTINY MAN

HORNS ARE MADE OF BLACK ENERGY W/ KIRBY DOTS (OF COURSE)
SHAPE IS DEVILMAN-LIKE
ASYMMETRICAL (OF COURSE)

BULLETS IN THE BELT ARE INTER-CONTINENTAL BALLISTIC MISSILES

(TITAN II)

BIG-@## COLT 45, LIKE IN ISSUE 6

CLAW IS MADE OF 3 PINCERS, ASYMMETRICAL - ALMOST A WEIRD VENUS FLYTRAP

020

MONSTER JAIN

Skizzen von Giuseppe Camuncoli

Cover-Skizzen aus UNDISCOVERED COUNTRY 9

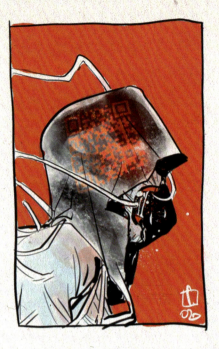

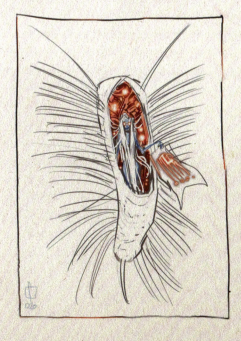

WESTERN/DESTINY

UNITY

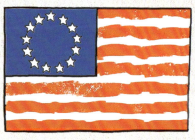
SAVAGE LANDS

THUNDER

BIOHAZARD

FLORIDA/SWAMP

PRE-SEALING
COLONIES
FLAGS

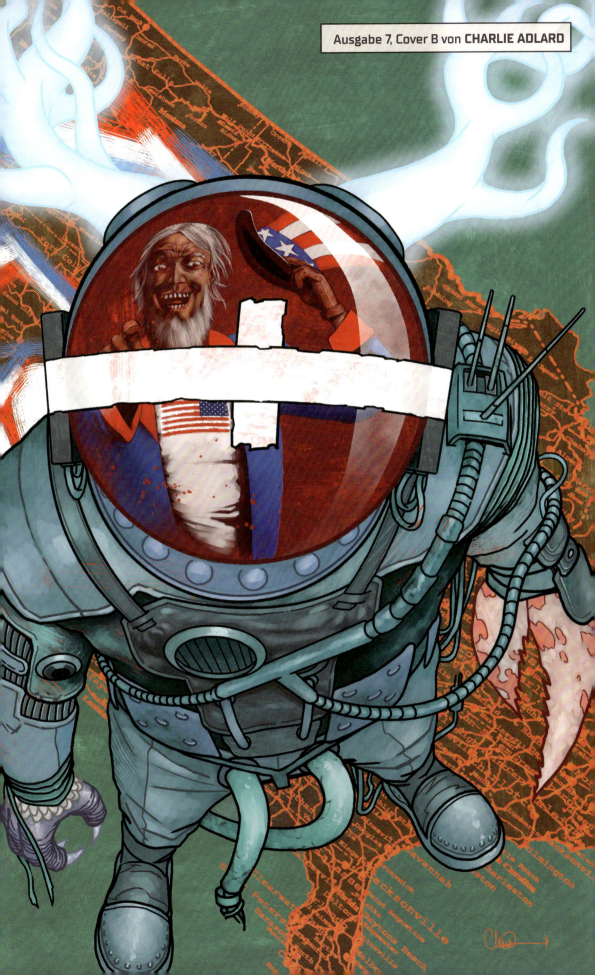

Ausgabe 7, Cover B von CHARLIE ADLARD

Ausgabe 8, Cover B
von RYAN STEGMAN & MATT WILSON

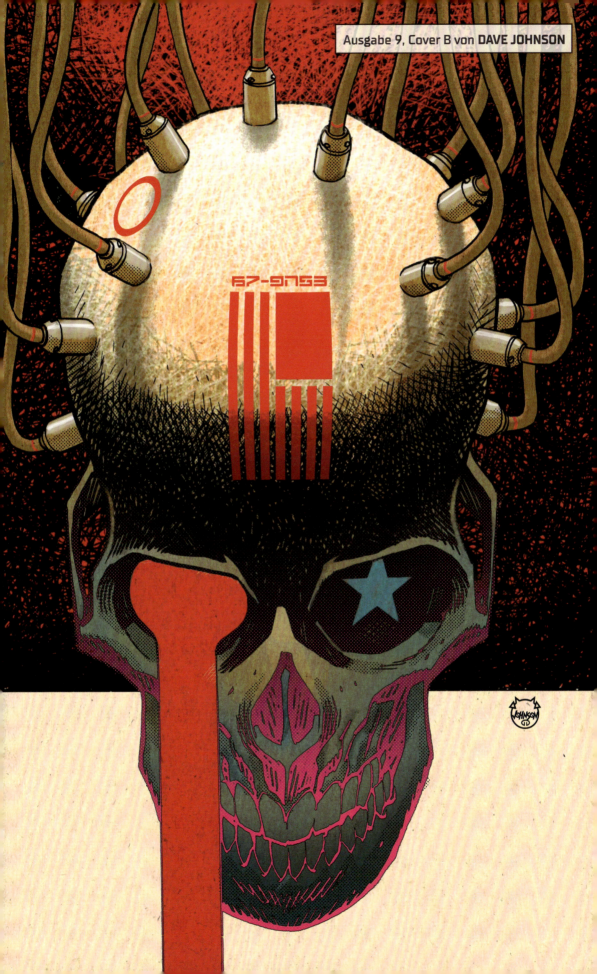

Ausgabe 11, Cover B von MIRKA ANDOLFO

Ausgabe 12, Cover B
von MATTEO SCALERA & MORENO DINISIO